ESTE DIÁRIO PERTENCE A:

_____

STAR WARS

SEU JEDI INTERIOR

UM DIÁRIO GUIADO
PARA TREINAR NO LADO LUMINOSO DA FORÇA

INTRODUÇÃO

POR MAIS DE MIL GERAÇÕES, os Cavaleiros Jedi defenderam a galáxia, tendo a Força como sua aliada. Mas o que significa verdadeiramente incorporar o espírito de um Cavaleiro Jedi? Heróis como Yoda, Obi-Wan Kenobi, Anakin Skywalker, Mace Windu, Luke Skywalker e Rey Skywalker demonstraram que ser um Jedi é muito mais do que simplesmente carregar um sabre de luz ou usar a Força.

Para ser um Jedi, é preciso desenvolver os traços de serenidade e altruísmo. Quando estamos calmos e em paz, podemos sentir a Força enquanto ela flui através de nós, nos cerca e nos une a todos os seres vivos. Quando uma pessoa aprende a ser altruísta, ela pode servir a galáxia, seguindo as pegadas dos mais lendários Cavaleiros Jedi. Não é fácil desenvolver esses traços. Mas todos nós temos o potencial para fazer isso. Todos nós podemos ser Jedi.

Este diário, contendo 52 semanas para registrar anotações, ajudará você a refletir sobre os principais traços Jedi de serenidade e altruísmo. Você desenvolverá e praticará esses traços em seu dia a dia. Há dois tipos de anotações para cada semana. O primeiro oferece espaço para um diário simples, "uma frase por dia", permitindo que você registre atos de paz e altruísmo no dia a dia. É claro, talvez você não tenha a oportunidade de vivenciar esse tipo de momento todo dia. Nesses casos, basta escrever sobre pequenas maneiras com que você incorporou o espírito de um Jedi. O segundo tipo de anotação exige uma reflexão mais profunda, através de atividades de escrita livre, fazer listas, colorir e outras. Estas anotações também o convidarão a completar tarefas, como o trabalho voluntário e a meditação, que o ajudarão a trilhar seu caminho Jedi.

**Chegou a hora de você crescer como um Jedi.
Ao embarcar em uma jornada para desenvolver seu Jedi interior,
lembre-se de que você é um com a Força, e a Força está com você.**

Semana 1

SEU JEDI INTERIOR

ATOS DIÁRIOS DE PAZ E ALTRUÍSMO

SEGUNDA-FEIRA

TERÇA-FEIRA

QUARTA-FEIRA

QUINTA-FEIRA

SEXTA-FEIRA

SÁBADO

DOMINGO

Semana 1

OS JEDI SÃO OS PROTETORES DA PAZ que agem com puro altruísmo. Enquanto você embarca em seu caminho Jedi, o que você espera alcançar ou descobrir ao usar este diário? Como a busca da paz e as ações altruístas te ajudam a alcançar esses objetivos?

Semana 2
SEU JEDI INTERIOR

ATOS DIÁRIOS DE PAZ E ALTRUÍSMO

SEGUNDA-FEIRA

TERÇA-FEIRA

QUARTA-FEIRA

QUINTA-FEIRA

SEXTA-FEIRA

SÁBADO

DOMINGO

Semana 2

Como aprendiz Padawan, um Jedi estuda sob a tutela de um Mestre Jedi. Quem são os mentores em sua vida que transmitiram muita sabedoria para você? Que lições você aprendeu com eles?

Semana 3
SEU JEDI INTERIOR

ATOS DIÁRIOS DE PAZ E ALTRUÍSMO

SEGUNDA-FEIRA

TERÇA-FEIRA

QUARTA-FEIRA

QUINTA-FEIRA

SEXTA-FEIRA

SÁBADO

DOMINGO

Semana 3

YODA NOMEIA ANAKIN SKYWALKER como Padawan em Ahsoka Tano, na esperança de que o acompanhamento de um jovem Jedi ajude Anakin a descobrir as melhores características em si.

Décadas depois, Yoda imploraria a Luke Skywalker para transmitir o que ele aprendeu para uma nova geração de Jedi. Como você pode ser um mentor para as pessoas em sua própria vida?

SEMANA 4
SEU JEDI INTERIOR

ATOS DIÁRIOS DE PAZ E ALTRUÍSMO

SEGUNDA-FEIRA

TERÇA-FEIRA

QUARTA-FEIRA

QUINTA-FEIRA

SEXTA-FEIRA

SÁBADO

DOMINGO

SEMANA 4

> Por mais de mil gerações, os Cavaleiros Jedi foram os guardiões da paz e da justiça na Velha República.

—Obi-Wan Kenobi

Quem são seus Cavaleiros Jedi favoritos? Quais são as qualidades que você mais admira neles, e como eles incorporam o espírito de um Jedi?

1.

2.

3.

4.

5.

SEMANA 5
SEU JEDI INTERIOR

ATOS DIÁRIOS DE PAZ E ALTRUÍSMO

SEGUNDA-FEIRA

TERÇA-FEIRA

QUARTA-FEIRA

QUINTA-FEIRA

SEXTA-FEIRA

SÁBADO

DOMINGO

Semana 5

MEDITAÇÕES PARA COLORIR

> Luminosos seres somos nós.
>
> —Yoda

Quais são algumas das qualidades que fazem de você um ser luminoso?

Você pode colorir a cena na página ao lado, depois decorar as duas páginas seguintes com ilustrações, adesivos, colagens ou outros enfeites que simbolizem os seus melhores traços.

25 | SEMANA 5

SEMANA 6
SEU JEDI INTERIOR

ATOS DIÁRIOS DE PAZ E ALTRUÍSMO

SEGUNDA-FEIRA

TERÇA-FEIRA

QUARTA-FEIRA

QUINTA-FEIRA

SEXTA-FEIRA

SÁBADO

DOMINGO

Semana 6

A ERA DA ALTA REPÚBLICA foi uma época de exploração. Enquanto a República se expandia através das estrelas, os Jedi eram frequentemente colocados em postos avançados por toda a galáxia, ajudando os necessitados em qualquer lugar que estivessem. Quais são os lugares que você quer explorar em sua vida?

Semana 7
SEU JEDI INTERIOR

ATOS DIÁRIOS DE PAZ E ALTRUÍSMO

SEGUNDA-FEIRA

TERÇA-FEIRA

QUARTA-FEIRA

QUINTA-FEIRA

SEXTA-FEIRA

SÁBADO

DOMINGO

SEMANA 7
MEDITAÇÃO

A MEDITAÇÃO É UM ASPECTO CENTRAL em qualquer treinamento de Jedi. Se você ainda não medita com frequência, tente começar agora.

Encontre um lugar confortável para se sentar e simplesmente inspire e expire, por um minuto, antes de fechar seus olhos.

Então, por um tempo de três a cinco minutos, visualize um feixe de luz quente lentamente te preenchendo, desde os dedos dos pés até o topo da sua cabeça. Tudo bem se sua mente divagar durante esse tempo, mas gentilmente retorne seu foco ao feixe de luz quente.

Abra seus olhos e reflita sobre como você se sente depois. Não há forma perfeita de meditar, portanto, seja gentil consigo mesmo, e experimente este exercício durante o resto da semana. Use este espaço para fazer um diário sobre seus esforços.

Na próxima semana, você vai fazer um diário sobre sua experiência com meditação de uma maneira mais detalhada.

SEMANA 8
SEU JEDI INTERIOR

ATOS DIÁRIOS DE PAZ E ALTRUÍSMO

SEGUNDA-FEIRA

TERÇA-FEIRA

QUARTA-FEIRA

QUINTA-FEIRA

SEXTA-FEIRA

SÁBADO

DOMINGO

Semana 8

MEDITAÇÃO

Tendo praticado a meditação durante alguns minutos todos os dias nessa semana que passou, reflita sobre sua experiência. Quais foram alguns dos desafios que você enfrentou? Você já sentiu algum resultado positivo?

SEMANA 9
SEU JEDI INTERIOR

ATOS DIÁRIOS DE PAZ E ALTRUÍSMO

SEGUNDA-FEIRA

TERÇA-FEIRA

QUARTA-FEIRA

QUINTA-FEIRA

SEXTA-FEIRA

SÁBADO

DOMINGO

SEMANA 9

> Eu gosto das primeiras experiências.
> Boas ou ruins, são sempre memoráveis.
>
> —Ahsoka Tano

Que coisas novas você gostaria de experimentar?
Pode ser "começar uma nova tarefa" ou "aprender um novo hobby".

Semana 10
SEU JEDI INTERIOR

ATOS DIÁRIOS DE PAZ E ALTRUÍSMO

SEGUNDA-FEIRA

TERÇA-FEIRA

QUARTA-FEIRA

QUINTA-FEIRA

SEXTA-FEIRA

SÁBADO

DOMINGO

Semana 10

MEDITAÇÕES PARA COLORIR

ANTES DE UM JOVEM poder se tornar um aprendiz Padawan, ele deve primeiro ir para o planeta Ilum, encontrar um cristal kyber e construir seu próprio sabre de luz.

Se você pudesse projetar seu próprio sabre de luz, como ele seria? De que cor seria sua lâmina? Desenhe e pinte no espaço fornecido.

45 | SEMANA 10

SEMANA 11
SEU JEDI INTERIOR

ATOS DIÁRIOS DE PAZ E ALTRUÍSMO

SEGUNDA-FEIRA

TERÇA-FEIRA

QUARTA-FEIRA

QUINTA-FEIRA

SEXTA-FEIRA

SÁBADO

DOMINGO

SEMANA 11

MUITOS JEDI TÊM UMA AFINIDADE com companhias animais. Bell Zettifar raramente se afasta de seu charhound chamado Ember, e Ezra Bridger frequentemente sente-se ligada a animais como os Loth-wolves e os purrgil.

Você tem algum animal em sua vida? Se você pudesse criar laços com qualquer animal de *Star Wars*, que espécie seria?

SEMANA 12
SEU JEDI INTERIOR

ATOS DIÁRIOS DE PAZ E ALTRUÍSMO

SEGUNDA-FEIRA

TERÇA-FEIRA

QUARTA-FEIRA

QUINTA-FEIRA

SEXTA-FEIRA

SÁBADO

DOMINGO

SEMANA 12

Rey aprende muito com os textos sagrados dos Jedi que costumavam ficar guardados em Ahch-To. Quais são alguns livros importantes para você e por quê?

1. _____

_____

_____

_____

_____

_____

_____

_____

_____

2. _____

_____

_____

_____

_____

_____

_____

_____

_____

_____

3.

4.

5.

Semana 13

SEU JEDI INTERIOR

ATOS DIÁRIOS DE PAZ E ALTRUÍSMO

SEGUNDA-FEIRA

TERÇA-FEIRA

QUARTA-FEIRA

QUINTA-FEIRA

SEXTA-FEIRA

SÁBADO

DOMINGO

SEMANA 13

Os Jedi que sobreviveram à Ordem 66 foram forçados a se esconder, para que não fossem caçados pelos Inquisidores do Império. Você já se sentiu como se tivesse que esconder quem é de verdade? Você superou esses sentimentos?

SEMANA 14
SEU JEDI INTERIOR

ATOS DIÁRIOS DE PAZ E ALTRUÍSMO

SEGUNDA-FEIRA

TERÇA-FEIRA

QUARTA-FEIRA

QUINTA-FEIRA

SEXTA-FEIRA

SÁBADO

DOMINGO

SEMANA 14

> A esperança é como o Sol. Se você apenas acreditar nele quando o está vendo, nunca sobreviverá à noite.
>
> —Leia Organa

O que te dá esperança para o futuro?

SEMANA 15
SEU JEDI INTERIOR

ATOS DIÁRIOS DE PAZ E ALTRUÍSMO

SEGUNDA-FEIRA

TERÇA-FEIRA

QUARTA-FEIRA

QUINTA-FEIRA

SEXTA-FEIRA

SÁBADO

DOMINGO

SEMANA 15

> São os melhores soldados que A República
> poderia ter, e o melhor amigo que eu poderia ter.
>
> —Ahsoka Tano

Por quem você sente gratidão hoje?
Reflita sobre os motivos específicos pelos quais você é grato a essa pessoa.

SEMANA 16
SEU JEDI INTERIOR

ATOS DIÁRIOS DE PAZ E ALTRUÍSMO

SEGUNDA-FEIRA

TERÇA-FEIRA

QUARTA-FEIRA

QUINTA-FEIRA

SEXTA-FEIRA

SÁBADO

DOMINGO

Semana 16

> O medo leva à raiva.
> A raiva leva ao ódio.
> O ódio leva ao sofrimento.
>
> —Yoda

O medo é uma parte natural da vida. Muitas vezes, lidamos com o medo focando apenas nas coisas que podemos controlar e aceitando as coisas que não podemos controlar. Quais são as coisas que mais te assustam? Elas estão sob seu controle, ou não?

Semana 17
SEU JEDI INTERIOR

ATOS DIÁRIOS DE PAZ E ALTRUÍSMO

SEGUNDA-FEIRA

TERÇA-FEIRA

QUARTA-FEIRA

QUINTA-FEIRA

SEXTA-FEIRA

SÁBADO

DOMINGO

SEMANA 17

A CAVERNA DO MAL EM DAGOBAH mostra a qualquer um que entre nela suas vulnerabilidades e partes de si que talvez não queira aceitar. Luke Skywalker confronta-se com uma visão de Darth Vader – e encontra seu próprio rosto dentro do capacete de Vader. Quando Ben Solo viaja para Dagobah, ele encontra seus pais e luta com Luke.

O que você acha que veria se você entrasse na Caverna do Mal? Se você pudesse sentir os traços Jedi de tranquilidade e altruísmo, como você responderia a essa visão?

Semana 18

SEU JEDI INTERIOR

ATOS DIÁRIOS DE PAZ E ALTRUÍSMO

SEGUNDA-FEIRA

TERÇA-FEIRA

QUARTA-FEIRA

QUINTA-FEIRA

SEXTA-FEIRA

SÁBADO

DOMINGO

Semana 18

Meditações para Colorir

APESAR DE AHSOKA TANO ter treinado como Padawan de Anakin Skywalker, ela acabou deixando a Ordem Jedi para embarcar em sua própria jornada. De que maneira você já saiu do caminho óbvio em sua vida?

Você pode colorir a cena na página ao lado, depois decorar as duas páginas seguintes com ilustrações, adesivos, colagens ou outros enfeites que representem o caminho que você se vê tomando na vida.

Semana 19

SEU JEDI INTERIOR

ATOS DIÁRIOS DE PAZ E ALTRUÍSMO

SEGUNDA-FEIRA

TERÇA-FEIRA

QUARTA-FEIRA

QUINTA-FEIRA

SEXTA-FEIRA

SÁBADO

DOMINGO

SEMANA 19

> Respire. Apenas respire.
> Agora, concentre-se. O que você vê?
>
> —Luke Skywalker

É importante encontrar momentos para estar atento aos seus sentidos. Isso nos ajuda a ter uma perspectiva diferente e nos sentirmos presentes e focados no momento. Quais são as coisas que você pode ver, ouvir e tocar neste momento? Anote-as e repita este exercício durante toda a semana.

1.

2.

3.

4.

5.

6.

7.

SEMANA 20
SEU JEDI INTERIOR

ATOS DIÁRIOS DE PAZ E ALTRUÍSMO

SEGUNDA-FEIRA

TERÇA-FEIRA

QUARTA-FEIRA

QUINTA-FEIRA

SEXTA-FEIRA

SÁBADO

DOMINGO

Semana 20

MUITOS JEDI TÊM PAIXÕES que eles exploram através de seus papéis dedicados na Ordem. Por exemplo, o mestre Porter Engle é um chef habilidoso que cozinha refeições para Jedi situados no posto avançado de Elphrona, na Orla Exterior. Além disso, a mestre Jocasta Nu é uma incrível arquivista que supervisiona a biblioteca Jedi.

Como você usaria suas habilidades e hobbies dentro da Ordem Jedi? Em sua própria vida, como essas habilidades e hobbies ajudam as pessoas que estão ao seu redor?

Semana 21

SEU JEDI INTERIOR

ATOS DIÁRIOS DE PAZ E ALTRUÍSMO

SEGUNDA-FEIRA

TERÇA-FEIRA

QUARTA-FEIRA

QUINTA-FEIRA

SEXTA-FEIRA

SÁBADO

DOMINGO

SEMANA 21

> O maior professor, o fracasso é.
>
> —Yoda

Nenhum Jedi é perfeito, nem mesmo o Mestre Yoda. No entanto, é mais importante aprender com nossos erros, ao invés de ficarmos presos neles. Pense em situações em que você já cometeu erros na sua vida e o que você aprendeu com eles.

SEMANA 22
SEU JEDI INTERIOR

ATOS DIÁRIOS DE PAZ E ALTRUÍSMO

SEGUNDA-FEIRA

TERÇA-FEIRA

QUARTA-FEIRA

QUINTA-FEIRA

SEXTA-FEIRA

SÁBADO

DOMINGO

SEMANA 22

DE FATO, É IMPORTANTE aprender com nossos erros. Um elemento importantíssimo desse processo é sermos gentis com nós mesmos quando reconhecemos que erramos. Luke Skywalker saca sua lâmina contra Ben Solo, fracassando com Ben, com seus outros alunos e consigo. Como resultado, Luke se exila em Ahch-To, negando a si próprio a compaixão que ele provavelmente estenderia a outra pessoa.

Se você se envolver numa autocrítica desnecessariamente dura, pergunte a si próprio: "Como eu trataria um amigo que estivesse passando pela mesma situação?". De alguma forma você poderia ser mais gentil consigo mesmo?

Semana 23
SEU JEDI INTERIOR

ATOS DIÁRIOS DE PAZ E ALTRUÍSMO

SEGUNDA-FEIRA

TERÇA-FEIRA

QUARTA-FEIRA

QUINTA-FEIRA

SEXTA-FEIRA

SÁBADO

DOMINGO

SEMANA 23

> Guerra não faz grande ninguém.
>
> —Yoda

Os Jedi nunca procuram resolver conflitos lutando. Ahsoka Tano se recusa a atacar os soldados clones que se voltaram contra ela durante os eventos fatais da Ordem 66. Ao custo de sua vida, Luke Skywalker opta por projetar uma ilusão de si mesmo através da galáxia, ao invés de lutar contra Kylo Ren.

Em que situações você já resolveu conflitos sem confronto?

SEMANA 24
SEU JEDI INTERIOR

ATOS DIÁRIOS DE PAZ E ALTRUÍSMO

SEGUNDA-FEIRA

TERÇA-FEIRA

QUARTA-FEIRA

QUINTA-FEIRA

SEXTA-FEIRA

SÁBADO

DOMINGO

Semana 24

DURANTE A ERA DA ALTA REPÚBLICA, a Mestre Jedi Avar Kriss sente a Força como uma música – uma melodia que pode tender tanto para a harmonia quanto para a discórdia. Da mesma forma, Elzar Mann sente Força como um mar profundo e revolto, enquanto o Wookiee Padawan Burryaga vê uma árvore que cresce eternamente.

Como você experimentaria a Força de sua própria maneira? O que isso diz sobre sua personalidade?

Semana 25
SEU JEDI INTERIOR

ATOS DIÁRIOS DE PAZ E ALTRUÍSMO

SEGUNDA-FEIRA

TERÇA-FEIRA

QUARTA-FEIRA

QUINTA-FEIRA

SEXTA-FEIRA

SÁBADO

DOMINGO

Semana 25

EM SUA MELHOR ÉPOCA, a Ordem Jedi era dedicada a servir toda a galáxia. Como você pode estar a serviço de sua comunidade? Trabalho voluntário não é apenas uma ótima maneira de desenvolver os traços de um Jedi, mas também de impulsionar sua autoestima!

Pesquise sobre ações de voluntariado que você pode fazer em sua comunidade, e anote algumas ideias e planos. Em duas semanas, você vai refletir sobre o trabalho que fez.

Semana 26

SEU JEDI INTERIOR

ATOS DIÁRIOS DE PAZ E ALTRUÍSMO

SEGUNDA-FEIRA

TERÇA-FEIRA

QUARTA-FEIRA

QUINTA-FEIRA

SEXTA-FEIRA

SÁBADO

DOMINGO

SEMANA 26

COMO UM CAVALEIRO JEDI, Anakin Skywalker frequentemente cria expectativas para si próprio que são irrealistas. Muitas vezes ele sente que deveria ser mais poderoso do que é, a fim de prestar um serviço maior à galáxia. É importante tentar ser uma pessoa mais bondosa e altruísta, mas criar expectativas irrealistas para nós mesmos é geralmente mais prejudicial do que útil.

Você já estabeleceu expectativas irrealistas para si mesmo ou exerceu pressão injustificada sobre si próprio? Tendo isso em vista, como você pode ser mais gentil consigo mesmo?

Semana 27
SEU JEDI INTERIOR

ATOS DIÁRIOS DE PAZ E ALTRUÍSMO

SEGUNDA-FEIRA

TERÇA-FEIRA

QUARTA-FEIRA

QUINTA-FEIRA

SEXTA-FEIRA

SÁBADO

DOMINGO

SEMANA 27

> Na minha vida, quando você encontra pessoas que precisam de ajuda, você as ajuda, não importa o que aconteça.
>
> —Ahsoka Tano

Você conseguiu fazer algum trabalho voluntário? Em caso afirmativo, reflita sobre sua experiência. Foi uma experiência positiva ou houve coisas que você gostaria que fossem diferentes? Se você ainda não teve a oportunidade de fazer nenhum voluntariado, continue fazendo planos no espaço fornecido abaixo.

Semana 28
SEU JEDI INTERIOR

ATOS DIÁRIOS DE PAZ E ALTRUÍSMO

SEGUNDA-FEIRA

TERÇA-FEIRA

QUARTA-FEIRA

QUINTA-FEIRA

SEXTA-FEIRA

SÁBADO

DOMINGO

SEMANA 28

> ## Tenho um mau pressentimento sobre isso.
>
> —Obi-Wan Kenobi

Embora seja completamente natural sentir-se ansioso com certos eventos, é importante evitar catastrofizar – o ato de imaginar o pior resultado possível de uma situação e aceitar isso como inevitável.

Você já se envolveu no ato de catastrofizar? Se sim, qual seria um ato de autocompaixão que você pode fazer por si mesmo ao invés disso?

Semana 29

SEU JEDI INTERIOR

ATOS DIÁRIOS DE PAZ E ALTRUÍSMO

SEGUNDA-FEIRA

TERÇA-FEIRA

QUARTA-FEIRA

QUINTA-FEIRA

SEXTA-FEIRA

SÁBADO

DOMINGO

Semana 29

ALGUNS OBJETOS – como os holocrons de Jedi ou os cristais kyber – têm uma conexão particularmente forte com a Força. Que objetos em sua vida são especiais para você? Eles podem ser lembranças, como uma foto de família, ou seu souvenir favorito.

SEMANA 30
SEU JEDI INTERIOR

ATOS DIÁRIOS DE PAZ E ALTRUÍSMO

SEGUNDA-FEIRA

TERÇA-FEIRA

QUARTA-FEIRA

QUINTA-FEIRA

SEXTA-FEIRA

SÁBADO

DOMINGO

Semana 30

ANTES DE EMBARCAR em seu caminho Jedi, Luke Skywalker olha para o horizonte, imaginando o que seu futuro reserva, enquanto os sóis gêmeos de Tatooine se põem. Quais são seus objetivos a longo prazo? Como você pode usar os traços de um Jedi para alcançá-los?

1. _____

2.

3.

SEMANA 31

SEU JEDI INTERIOR

ATOS DIÁRIOS DE PAZ E ALTRUÍSMO

SEGUNDA-FEIRA

TERÇA-FEIRA

QUARTA-FEIRA

QUINTA-FEIRA

SEXTA-FEIRA

SÁBADO

DOMINGO

SEMANA 31

"
Durante toda sua vida desviava o olhar [Luke Skywalker] para o futuro, para o horizonte. Não se preocupava sua mente onde ele estava, hmm?

—Yoda "

É essencial estar atento ao seu futuro, mas é igualmente importante se concentrar no presente. Ao invés de objetivos de longo prazo, que coisas você pode realizar agora mesmo, no presente? Elas podem ser tão simples quanto perguntar a um amigo como ele está indo, ou fazer uma tarefa doméstica que você esteja adiando.

1.

2.

3.

4.

5.

SEMANA 32
SEU JEDI INTERIOR

ATOS DIÁRIOS DE PAZ E ALTRUÍSMO

SEGUNDA-FEIRA

TERÇA-FEIRA

QUARTA-FEIRA

QUINTA-FEIRA

SEXTA-FEIRA

SÁBADO

DOMINGO

Semana 32

O APEGO EMOCIONAL DE ANAKIN SKYWALKER a sua esposa, Padmé, é explorado por Darth Sidious, levando à descida de Anakin para o lado sombrio. No entanto, o apego emocional é muitas vezes o que nos prende à nossa humanidade, como vemos quando Anakin se volta para a luz uma última vez para salvar seu filho, Luke. Não devemos ser consumidos pelo medo de perder nossos entes queridos, mas, ao mesmo tempo, nossas relações trazem à tona o melhor que há em nós.

Reflita sobre as pessoas que mais lhe importam e quais qualidades elas trazem à tona em você.

SEMANA 33

SEU JEDI INTERIOR

ATOS DIÁRIOS DE PAZ E ALTRUÍSMO

SEGUNDA-FEIRA

TERÇA-FEIRA

QUARTA-FEIRA

QUINTA-FEIRA

SEXTA-FEIRA

SÁBADO

DOMINGO

Semana 33

KANAN JARRUS ENSINA a Ezra Bridger os caminhos da Força, apesar de só ter treinado como Padawan antes de a Ordem 66 eliminar a maior parte dos Jedi da galáxia. Kanan se sente despreparado para aceitar essa responsabilidade, mas ele consegue ensinar a Ezra o caminho Jedi.

Quais são alguns exemplos de sua vida em que você teve que aceitar responsabilidades para as quais se sentia despreparado? Como você reagiu a essas situações?

Semana 34
SEU JEDI INTERIOR

ATOS DIÁRIOS DE PAZ E ALTRUÍSMO

SEGUNDA-FEIRA

TERÇA-FEIRA

QUARTA-FEIRA

QUINTA-FEIRA

SEXTA-FEIRA

SÁBADO

DOMINGO

SEMANA 34

> Verdadeiramente maravilhosa, a mente de uma criança é.
>
> —Yoda

Quais são as qualidades da sua infância que você reteve?
Como elas são úteis para você agora?

Semana 35
SEU JEDI INTERIOR

ATOS DIÁRIOS DE PAZ E ALTRUÍSMO

SEGUNDA-FEIRA

TERÇA-FEIRA

QUARTA-FEIRA

QUINTA-FEIRA

SEXTA-FEIRA

SÁBADO

DOMINGO

SEMANA 35

De R2-D2 a BB-8, os droides frequentemente acompanham os Jedi em suas aventuras. Qual droide de *Star Wars* seria seu companheiro ideal, e por quê?

Semana 36
SEU JEDI INTERIOR

ATOS DIÁRIOS DE PAZ E ALTRUÍSMO

SEGUNDA-FEIRA

TERÇA-FEIRA

QUARTA-FEIRA

QUINTA-FEIRA

SEXTA-FEIRA

SÁBADO

DOMINGO

SEMANA 36

TAL QUAL UM OBJETO pode ser uma grande fonte da Força, muitos locais também ficam imbuídos da Força, como os templos Jedi. Que lugar faz você se sentir em paz? Qual é a sua relação com esse lugar?

Semana 37

SEU JEDI INTERIOR

ATOS DIÁRIOS DE PAZ E ALTRUÍSMO

SEGUNDA-FEIRA

TERÇA-FEIRA

QUARTA-FEIRA

QUINTA-FEIRA

SEXTA-FEIRA

SÁBADO

DOMINGO

SEMANA 37

APESAR DE LAÇOS EMOCIONAIS serem proibidos para Jedi, poucos Jedi são imunes à atração romântica, seja ela na forma do casamento de Anakin com Padmé ou do amor de Obi-Wan pela Duquesa Satine Kryze, de Mandalore.

Em nossas próprias vidas, o amor é algo que todos nós merecemos. Escreva sobre como seu parceiro romântico, ou um parceiro romântico ideal, traz traços Jedi dentro de você.

SEMANA 38
SEU JEDI INTERIOR

ATOS DIÁRIOS DE PAZ E ALTRUÍSMO

SEGUNDA-FEIRA

TERÇA-FEIRA

QUARTA-FEIRA

QUINTA-FEIRA

SEXTA-FEIRA

SÁBADO

DOMINGO

SEMANA 38

QUANDO AHSOKA DECIDE ajudar a liberar Mandalore, Anakin lhe entrega os sabres de luz dela. Em suas palavras, eles foram aprimorados, com novos cristais kyber azuis.

Que ato gentil você pode realizar para outra pessoa? Pode ser qualquer coisa, desde assar cookies para um amigo ou fazer mais tarefas do que normalmente faz. Anote algumas ideias abaixo e execute uma delas. Na próxima semana, você refletirá sobre sua experiência.

SEMANA 39
SEU JEDI INTERIOR

ATOS DIÁRIOS DE PAZ E ALTRUÍSMO

SEGUNDA-FEIRA

TERÇA-FEIRA

QUARTA-FEIRA

QUINTA-FEIRA

SEXTA-FEIRA

SÁBADO

DOMINGO

SEMANA 39

SER GENTIL E TRATAR os outros com dignidade pode causar um efeito cascata que não temos como prever. Quando Rey salva BB-8 do catador Teedo, ela inadvertidamente entra no caminho que a levará a se tornar uma Cavaleira Jedi.

Qual foi o ato de gentileza que você realizou? Como você se sentiu ao fazê-lo, e como os beneficiários do seu ato se sentiram?

SEMANA 40
SEU JEDI INTERIOR

ATOS DIÁRIOS DE PAZ E ALTRUÍSMO

SEGUNDA-FEIRA

TERÇA-FEIRA

QUARTA-FEIRA

QUINTA-FEIRA

SEXTA-FEIRA

SÁBADO

DOMINGO

Semana 40

Por causa de sua sensibilidade à Força, os Jedi também tendem a ser pilotos habilidosos.
Se você pudesse pilotar qualquer tipo de nave estelar, qual seria?
O que essa nave diria sobre você?

SEMANA 41
SEU JEDI INTERIOR

ATOS DIÁRIOS DE PAZ E ALTRUÍSMO

SEGUNDA-FEIRA

TERÇA-FEIRA

QUARTA-FEIRA

QUINTA-FEIRA

SEXTA-FEIRA

SÁBADO

DOMINGO

Semana 41

Rey e Kylo Ren estavam em lados opostos de uma guerra, mas também tinham muito em comum. Você já teve que achar algo em comum com alguém ou ficar ao lado de um aliado inesperado?

SEMANA 42
SEU JEDI INTERIOR

ATOS DIÁRIOS DE PAZ E ALTRUÍSMO

SEGUNDA-FEIRA

TERÇA-FEIRA

QUARTA-FEIRA

QUINTA-FEIRA

SEXTA-FEIRA

SÁBADO

DOMINGO

SEMANA 42

PERTO DO FIM da Guerra dos Clones, Barriss Offee acusa os Jedi de se concentrarem na guerra contra os Separatistas, em vez de lutar pelas pessoas comuns ao redor da galáxia. Você já se encontrou focado demais no que está em sua própria cabeça, esquecendo das coisas ou das pessoas que mais importam para você?

SEMANA 43
SEU JEDI INTERIOR

ATOS DIÁRIOS DE PAZ E ALTRUÍSMO

SEGUNDA-FEIRA

TERÇA-FEIRA

QUARTA-FEIRA

QUINTA-FEIRA

SEXTA-FEIRA

SÁBADO

DOMINGO

Semana 43

ANAKIN FREQUENTEMENTE RELAXA ao mexer com máquinas ou consertá-las. Essas atividades o ajudam a sentir paz, como uma forma de autocuidado. Não podemos ser altruístas se não cuidarmos de nós mesmos.

Quais são algumas atividades que você faz para praticar o autocuidado em sua própria vida? Como você cuida de si mesmo, para que possa sentir paz e tranquilidade? Há maneiras de dar mais prioridade ao seu autocuidado?

SEMANA 44
SEU JEDI INTERIOR

ATOS DIÁRIOS DE PAZ E ALTRUÍSMO

SEGUNDA-FEIRA

TERÇA-FEIRA

QUARTA-FEIRA

QUINTA-FEIRA

SEXTA-FEIRA

SÁBADO

DOMINGO

Semana 44

> Eu sinto que, já que consigo lutar, eu preciso lutar por aqueles que não conseguem. E acho que talvez você se sinta da mesma forma.
>
> —Leia Organa

Encontrar tempo para o autocuidado é crucial, mas também é importante reconhecer que cuidamos de nós mesmos para que possamos ter a força para servir nossas comunidades. No decorrer dos anos, Leia e muitos Jedi se comprometeram com uma causa, fosse Aliança Rebelde ou, posteriormente, a Resistência.

Por qual causa você sente paixão? O que você faz com essa paixão?

SEMANA 45

SEU JEDI INTERIOR

ATOS DIÁRIOS DE PAZ E ALTRUÍSMO

SEGUNDA-FEIRA

TERÇA-FEIRA

QUARTA-FEIRA

QUINTA-FEIRA

SEXTA-FEIRA

SÁBADO

DOMINGO

Semana 45

O MESTRE JEDI MACE WINDU frequentemente pensava em Anakin Skywalker, previsto como o Escolhido, com certa dúvida. Em sua vida, quando você se deparou com dúvidas sobre problemas ou crenças? Sem julgar a si próprio, como você se sente quanto a essas dúvidas agora?

SEMANA 46
SEU JEDI INTERIOR

ATOS DIÁRIOS DE PAZ E ALTRUÍSMO

SEGUNDA-FEIRA

TERÇA-FEIRA

QUARTA-FEIRA

QUINTA-FEIRA

SEXTA-FEIRA

SÁBADO

DOMINGO

Semana 46
MEDITAÇÕES PARA COLORIR

EM AHCH-TO, Luke Skywalker encontra a paz e o propósito após Rey ajudá-lo a achar esperança mais uma vez. Em sua própria vida, quando você já teve sentimentos similares de verdadeira satisfação?

Você pode colorir a cena desta página, e depois decorar as páginas seguintes com ilustrações, adesivos, colagens ou outros enfeites que simbolizem paz e propósito.

195 | SEMANA 46

Semana 47

SEU JEDI INTERIOR

ATOS DIÁRIOS DE PAZ E ALTRUÍSMO

SEGUNDA-FEIRA

TERÇA-FEIRA

QUARTA-FEIRA

QUINTA-FEIRA

SEXTA-FEIRA

SÁBADO

DOMINGO

Semana 47

NO FINAL, BEN SOLO ENCONTRA a determinação para retornar à luz e abandonar a persona de Kylo Ren. Nunca é tarde demais para fazer a coisa certa, mesmo que não seja fácil. Quando você já teve que escolher um caminho difícil, mesmo que fosse o correto?

Semana 48

SEU JEDI INTERIOR

ATOS DIÁRIOS DE PAZ E ALTRUÍSMO

SEGUNDA-FEIRA

TERÇA-FEIRA

QUARTA-FEIRA

QUINTA-FEIRA

SEXTA-FEIRA

SÁBADO

DOMINGO

SEMANA 48

DURANTE BOA PARTE DA VIDA DE REY, ela trabalha como uma catadora solitária, desejando algum tipo de conexão através da família. Entretanto, com o passar do tempo, ela encontra seu lugar na galáxia como uma Jedi e uma heroína da Resistência, descobrindo uma família de amigos, e finalmente adotando o sobrenome Skywalker.

Quem são as pessoas que você consideraria como a família de amigos de sua vida?

Semana 49

SEU JEDI INTERIOR

ATOS DIÁRIOS DE PAZ E ALTRUÍSMO

SEGUNDA-FEIRA

TERÇA-FEIRA

QUARTA-FEIRA

QUINTA-FEIRA

SEXTA-FEIRA

SÁBADO

DOMINGO

SEMANA 49

SE DEPARAR COM O LUTO É INEVITÁVEL quando alguém entra no caminho Jedi. Anakin Skywalker perdeu sua mãe e, similarmente, Luke Skywalker perdeu sua tia e seu tio. Em que momentos da sua vida você sentiu luto? Como você aceitou esses sentimentos?

Semana 50
SEU JEDI INTERIOR

ATOS DIÁRIOS DE PAZ E ALTRUÍSMO

SEGUNDA-FEIRA

TERÇA-FEIRA

QUARTA-FEIRA

QUINTA-FEIRA

SEXTA-FEIRA

SÁBADO

DOMINGO

SEMANA 50

AS ANOTAÇÕES NESTE DIÁRIO identificam a paz e o altruísmo como traços essenciais dos Jedi. Mas o que você acha que define um Jedi? O que torna um Jedi heroico? Sinta-se à vontade para responder essa questão com exemplos de Cavaleiros Jedi em *Star Wars* ou com exemplos de sua própria vida.

Semana 51

SEU JEDI INTERIOR

ATOS DIÁRIOS DE PAZ E ALTRUÍSMO

SEGUNDA-FEIRA

TERÇA-FEIRA

QUARTA-FEIRA

QUINTA-FEIRA

SEXTA-FEIRA

SÁBADO

DOMINGO

Semana 51

Nas palavras do Mestre Yoda, "passe adiante o que você aprendeu". Sem ser invasivo, como você pode ajudar as pessoas em sua vida a se tornarem mais pacíficas ou mais altruístas?

SEMANA 52
SEU JEDI INTERIOR

ATOS DIÁRIOS DE PAZ E ALTRUÍSMO

SEGUNDA-FEIRA

TERÇA-FEIRA

QUARTA-FEIRA

QUINTA-FEIRA

SEXTA-FEIRA

SÁBADO

DOMINGO

SEMANA 52

Com a conclusão de um ano registrado neste diário, reflita
sobre o que você aprendeu sobre si próprio e sobre o caminho
Jedi. Como você cresceu? O que ainda falta aprender?

QUE A FORÇA ESTEJA COM VOCÊ

SEMPRE.

© & ™ 2023 LUCASFILM LTD. Uso autorizado.
Todos os direitos reservados. Publicado originalmente por Insight Editions, California, 2022.
Título original: *Inner Jedi: A Guided Journal for Training in the Light Side of the Force.*
ISBN 978-65-5537-289-2

Nenhuma parte desta publicação pode ser reproduzida, armazenada ou transmitida para fins comerciais sem a permissão do editor. Você não precisa pedir nenhuma autorização, no entanto, para compartilhar pequenos trechos ou reproduções das páginas nas suas redes sociais, para divulgar a capa, nem para contar para seus amigos como este livro é incrível (e como somos modestos).

PUBLISHER: Gustavo Guertler
EDIÇÃO E REVISÃO: Germano Weirich
TRADUÇÃO: Fernando Scoczynski Filho
DIAGRAMAÇÃO: Celso Orlandin Jr.

Obrigado, amigos.

2023
Todos os direitos desta edição reservados à
Editora Belas Letras Ltda.
Rua Antônio Corsetti, 221 – Bairro Cinquentenário
CEP 95012-080 – Caxias do Sul – RS
www.belasletras.com.br